문학과지성 시인선 261

황홀한 숲

조인선 시집

문학과지성 시인선 261
황홀한 숲

펴낸날 / 2002년 4월 30일

지은이 / 조인선
펴낸이 / 채호기
펴낸곳 / ㈜**문학과지성사**
등록번호 / 제10-918호(1993. 12. 16)

서울 마포구 서교동 363-12호 무원빌딩(121-838)
편집 / 338)7224~5 FAX 323)4180
영업 / 338)7222~3 FAX 338)7221
홈페이지 / www.moonji.com

ⓒ 조인선, 2002. Printed in Seoul, Korea
ISBN 89-320-1329-2

값 5,000원

문학과지성 시인선 261

황홀한 숲

조인선

2002

마음을 보여준 것이 시가 되고
그날 이후 난 혼자가 아니었다.
그렇게
무능이 시 사랑의 조건이 되고
외로움이 이별을 막는 구실이 됐다.
허나
시인의 길은 다람쥐의 길.
사랑은 뱀처럼 위험하다.
언제쯤 나도 절망에 익숙해질까?
어느덧
그 상처에서 꽃이 핀다니
후회도 없다.

2002년 늦봄
조인선

황홀한 숲

차례

▨ 시인의 말

제1부

자화상 1

시만 갖고 못산다는걸
잘 알지
허나 시 없이 못산다는걸
너무 잘 알아
사람들은 무심히 병이라 하지
정신병인 줄 너무도 모르면서

거울

두 귀와 입이 얼굴 좌우와 아래에
하필이면 두 눈과 근접한 사실이 눈물나게 우습지 않
은가요
청개구리 하나 도대체 빠져나올 수 없었던 항아리가
있었지요
겉과 속이 다른 것은 공간이었음이 틀림없어요
거울은 볼 때마다 나를 닮으니
기억이 곧 살아 있음이 또한 두렵고
변치 않음과 변하고 싶은 갈등이 교묘히 일치되는 면
에는
바람 들어갈 구멍이 용납치 않음이 서럽지요
서 있는 거울이 피곤하거든 뉘어도 좋아요
청개구리는 눈 감고 들어가 눈 뜨고 나올 수가 없었
어요
항아리가 깨지기를 얼마나 바랐겠어요
니코틴 낀 앞니와 어금니 뒤편을 긁어내려면
거울 뒷면을 긁어내든지 폐를 긁어도 좋고
어둠이 없으니 다만 감쪽같아요
소리 없이 깨지는 거울은 없어요
진통도 없이 자궁을 어떻게 나오겠어요

날카로운 선이 생김이 본능적이지요
그러니 두 귀와 입이 부드러운 건 그만큼
언어의 장벽이 험하다는 증거 아니겠어요
거울은 끊임없이 물방울이 맺히니
항아리가 울기 때문이래요
그러면서 거울은 거짓말투성이요 위선뿐이니
나는 생사를 거울 속에서만 확인해야 하니 슬프지요
공기 중에 녹슬며 용해되는 자기를 찾는다니
그 사실이 또한 눈물나게 우습지 않은가요

황홀한 숲
── 보들레르의 「전생 La vie antérieure」에 부쳐

내 몸 속엔 뱀의 피가 흐르고 있지
사원의 황금 기둥을 친친 휘감고 돌아
숲의 속삭임을 듣고는 했지
빛을 갉아먹는 새앙쥐의 황홀에 독을 모으고
덩굴손 잎 사이로 붉은 돌이 내뿜는 열기에 몸이 달아
오르곤 했네
해독하기 어려운 문자가 덮인 짐승 가죽 위에서 뒹굴
다 보면
허물이 망막처럼 벗겨져 눈이 쓰리고
너무도 아파 기억조차 저리네
비 그친 뒤 하얀 구슬 하나 창 사이로 내밀면
숲속 사원의 밤은 내가 주인일 뿐 오가는 이 없어
은촛대에 굳어진 비밀을 다시 밝혀보려고 심지를 돋
우던
웅크린 날들
사고의 괴로움이 알 속처럼 아늑했던 세월이여
눈 덮인 사원엔 불탄 자리 녹아 있어 그곳이 정든 곳
이었다
일러줄 뿐

사랑 1

거울 속에서 한참을 놀다
해 지고서야 집으로 오는 길
붉은 피 뚝뚝 흘리며 절뚝이며
알 수 없는 향기에 이름을 걸어두고
그대 곁에 누웠다

상처뿐인 얼굴이 퉁퉁 부어올랐다

민들레

마음이 몸을 다스리면 성인이라 한다
한 치의 빈틈없이
이성이 본능을 억눌러
괴로운 몸 편히 만들면 군자라 한다
굽어보니 풀섶에 알 하나 깨져 있다
텅 비었다

뿌리 하나로 몸과 마음
이리도 곱게 키워
씨는 땅에 뿌리지만 노래하는 건 하늘이다

시의 길이 혁명이 아니라면
땅 뒤집어 씨 뿌리는 농부의 마음이 아니라면
나 예까지 오지 않았으리

너 보니 갈 곳 몰라 망설이던 내 마음
무릎 꿇고 고개 들어 가슴을 친다

징징징 돋아난

바위틈에 웅크리고 앉아 꺼칠꺼칠한 음향을 한 입 오
물거리면
부드러운 잎이 돋아난다
하늘이 내려오고 찬 바람에 갈대숲으로 새들이 모이
고
나는 어둡고 긴 시간을 강물 속에서 건져 올리네
자정에 스며드는 어둠까지 쥐어뜯으면 누구나 들을
수 있는
나무는 파란 독사
꽃들은 죽은 굼벵이
풀잎은 노란 앵무새
별은 붉은 앵두알
돌은 열기에 날아오르지
간다면 가는 거야 어쩔 수 없듯이
이곳은 너무나 뜨겁고 펄펄 추워 가고 싶지만
나 움직일 수 없는 거야
떠나지 못하는 게 어미에게 부끄러울 뿐 후회도 없어
찬란한 파도에 우울한 바다라니 오똑한 바위틈에
돋아난 그대 이제 날 숨길 수 없네

토마토

고래 한 마리 입 벌리고 날아다닌다
간신히 몸을 굽혀 들어간다
거울이 깨져 있다
바람이 불려나
빛이 흔들린다
어두운 어머니 환한 미소 앞에
애꾸눈 아버지 무릎 꿇고 손 들고 있다
바람이 불려나
꽃이 진다
노란 스커트 밑에 새 알이 있다
바다는 왜 철사줄을 닮았나
늙은 고래 한 마리
사막에 누워 푸른 고등어 토한다
하늘 가득 고래가 날아다닌다

유혹

화장하는 여인의 몸이 권태롭다
세상을 뒤덮을 권태가 지긋지긋해
내 몸 하나 움직이기 힘들다
먹고 사는 게 권태롭다면
그 놈은 필시 권태가 뭔지 아는 까닭이니
새가 얼마나
꽃이 얼마나 권태로울까
나 이제 사창가에 몸을 두어도
권태로운 세상은 변함이 없고
땅을 치며 구걸을 해도
땅을 치며 구애해봐도
내 몸엔 필시 거지 근성이 깊게 뿌리박아
화장하는 여인의 뒤통수를 내리쳐
붉은 피를 쏟아 부어도
권태란 놈이 보들레르의 귀에 닿아도
그대 심장을 뚫고 들어가진 못하겠다고
두 눈 감고 권태가 기어나온다
빛과 어둠 사이로

미소
—— 태아의 잠

아름다운 퇴폐가 되련다
빛나는 타락이 되고 싶다
황홀한 변태의 끝에
추악한 정직과 양심을 태우고 싶다
그칠 줄 모르는 열망
넘치는 욕망
그 모든 것들의 모래 위에 부는 바람을
유리병에 부어
매일 아침마다 마시고 싶다
꽃을 죽은 굼벵이라고 말하는 자가 있었다
빛을 한 손에 들고 뜯어 먹는 그대는
세상을 둘로
혹은 셋으로 나누지 않고
오로지 하나로 본다
그것이 진실이라면 나는 언어를 이제 버려도 좋다
오늘은 비록 역전을 헤매는 걸인의 모습이지만
어제는 오케스트라의 지휘자였던 나는
변신의 대가 바로 애벌레 그 자체일 뿐
누구도 대신 할 수 있다
검은 털 끝에 자라던 무심은

죽음도 없이 독한 이름을 키워내고 웃었다

집

마음의 오랜 감옥을 빠져나와
천상에 집을 지으려 한다
푸른 하늘 꾹꾹 누르고 다져 만든 무상의 터에
먼저 기둥을 세운다
한 치도 없는 하늘과 땅 사이
그 틈 사이로
버텨내야 할 존재의 무거움으로
텅 빈 벽을 바른다
피로 뭉친 욕정을 무념으로 구웠으니
수고도 없다
그리곤 살아온 만큼 굵은 서까래를 얹는다
자유만 한 고독이 어디 있을까
문을 만들고 창을 만들고
어두운 산으로 지붕을 씌운다
그리곤 내 작아진 머리와 돋아난 날개로
그렇게 사나흘 바람따라
이렇게 사나흘 구름따라
그러다 그것도 시시해 사람이 그리워져
정든 마음의 감옥으로 들어오니
나를 닮아 뿔도 없는 발정 난 수캐가

제 집도 없이 어딜 헤매었는지
반가웁게 반긴다

합창
──킬리만자로의 표범

칼 없는 정육점이 생기면서
도시는 비둘기가 늘었는데요
맨홀 뚜껑 위에
위험이라는 노란 표지를
쥐가 갉아먹기 시작했습니다
참새는 너무 작아
거리의 여인들은 젖이 부풀어 오르고
고양이와 개 사이에는
불임의 계절이 짙었습니다
어디를 가나
피가 흥건히 젖은 공원엔
조용필의 킬리만자로의 표범이 떠다니고
도시 구석구석엔 검은 눈만 쌓였습니다
비틀스요?
비틀스가 뭐예요?
이 새끼 니가 인간이냐 새꺄!
제가 정말 사람인가요?
제가 정말 사람인가요? 하며 천 번을 물어도
주인은 끄떡도 하지 않고
도시엔 불빛이 하나 둘 늘었답니다

입을 씻다

여백이 만들어낸 문장이 숨 쉬는 물고기 같다
비늘을 반짝이며 나뭇잎 갉아먹는 한 줄의 문장이
바람을 부르는 이곳은 머나먼 이국이면서 내가 나온 곳
그림 속의 여인은 언제나 정답다
수풀 더미에 숨겨진 샘이 흐르고
무덤과 무덤 사이에 끊어진 호흡을 숨 가빠해보지만
때론 삶이 그렇듯
지나친 사랑은 너무도 무자비하다
그래서 구름은 물고기의 형상을 닮았던가
수족관에서 갓 건진 송어는 피 한 방울 묻히지 않고
한 접시를 채웠는데
내 머리는 언제나 붉은 비를 맞는다
뭐 그리 부끄러웠길래 연애만 꿈꿔왔던가
언어가 존재의 집이라면 나 이제 어디로 가나
　서문이 울음뿐이었건만 죽음은 길지도 않았던 한 여
인을 떠올린다면
　화분 속 얼어붙은 애벌레 하나 이제야 허물 벗고 노래
부르리

제2부

자화상 2

내 몸이 죄로 덮여 있음이라
씻어도 빛남이 없어
울음조차 징그럽다

내 마음에 욕이 꽉 차 있으니
게워도 게워도 텅 빔이 없어
누구를 대신해도
또 다른 윤회일 뿐

산다고 산 게 아니었지만
지나고 보니
씻고 게워낸 자리에 가득 찬 허물이여

끝내 벗어날 수 없어
더는 갈 수도 갈 곳도 없는 이곳에
누가 있어 곱게도 꽃 피우셨나

내려다보니 까마득한데
겁에 질린 바다가 애타게 내 이름 부르고 섰네

추억 속에 잠자는 여인

지금은 그대 속으로 들어가야 할 시간
나는 손수건 접어 물에 적시고 항아리를 닦는다
온갖 상형 문자가 새겨진 빗금 위로
가벼운 달이 도드라져 있네
고래 가슴에 십자가를 긋고 사슴 뿔 위에 파란 이끼
긁어
염료로 쓰던 전쟁이 끝난 진지했던 순간이
나를 고개 숙여 눈 감게 하네
소리와 소리가 만나면 내 머리는 끓곤 했지
새와 물고기는 그대의 단면을 두고 늘 서로 다투었지만
난 언제나 적색기와 백색기를 번갈아 흔들었네
뿔 달린 원숭이를 그리려다 얼마나 깨졌나
파편을 긁어모아 찧고 찧어 난 내 눈물과 한숨을 섞어
하늘이 열리길 기다렸다네
숫대는 그렇게 내 옆을 지키고 초막에서 누운 그림자
에는
푸른 연기를 씌우곤 했지
필사적으로 소리를 깨고 쪼아 나는 돌을 얻었고
순간적으로 찾아온 빛은 그림자를 얼리곤 했네
나는 알몸으로 전선에 있었네

방패는 나무였고 창은 빛이었지만
그대는 참을 수 없이 권태로웠네
들끓는 소리에 아우성에 종을 수백 번 울리는 그대의
구애에
난 잠시도 눈 뜰 수가 없었네
용서해주오 진지한 것은 언제나 찰나였지만
잊어주오 난 당신을 목숨과 바꿀 수 없었다오
지금은 그대 속으로 들어가야 할 시간
배를 접어야 할 시간
파도가 일면 난 금 간 항아리에 입 맞추리
곱게 늙은 그대 이마에 파란 영혼을 부어 드리리

파도

엎드려 가지요
더는 갈 곳도 없으니
미련이야 남겨 무엇하겠어요
그 속삭임에 믿음이 크진 않아
그 미소에 소망이 없었던 건 아니지만
그저 깨끗한 눈길이 좋아
저를 스쳐 가시라 빌었을 뿐
하늘 아래 누군가 다시 오겠지요
그래도 외로우실까 바위 하나 감싸며 부서지겠어요
거품이야 남을까
허나 흔적이야 가슴 쓸어내리면 그뿐
돌아오지 못할 게 무엇이겠어요
깊은 산 넘어 여기까지 왔다 그냥 가려니
어둠을 뚫고 이곳까지 왔다 애써 참으려니
찢기듯 흩어진 마음일까요
가슴만 내밀며 달려왔지만
무슨 소리 들려
작고 고운 꽃 하나 피어 있거든
그 순간 꽃잎 떨어지거든
바람이 미울 뿐

그대야 여전히 빛나겠지요

사랑 2

어둠은 깊고 빛은 날카롭다
그대로 인해
꽃이 피 흘리고
병든 별 뜬다
아프지 않은 것이 없다

권태

불을 만든 고양이가
시간에 찔려 죽으니
쭈글쭈글한 노파
자리에 앉아 새점을 보고
그 앞에
아주 작은 칼 가는 곱추

흔들리며, 삐걱이며, 스미는

여우 피가 흐르는 다리에 앉아
바퀴 위에 내려앉은 태양을 보네
아무도 가꿀 수 없는 정원의 숨결
빛 아래 굵은 모래 서걱거리고
무심코 벗어던진 내 신발에는
노란 한숨이 고이네
어쩌나 유리에 박힌 지루한 성기엔
쭉쭉 밀리는 바람뿐이네
그대여 어디에 집을 지었나
푸른 사막엔 노을이 시들고
갈 수 없는 연옥엔 밥 짓는 소리 울리네
안개가 검게 퍼지면 붉은 사과는 울어
이 다리 건너 자정이 가면
나 알아보는 이 누가 있으리
꽃잎 하나 슬며시 새를 보는데

가족 사진

해체가 자유로운 시계와 빛을 먹고 사는 구름
빛을 먹고 사는 시계와 해체가 자유로운 구름
그 사이에
눈 뜨고 못 보는 바람 같은 아버지
옆에
가볍고 단단한 지팡이와 멋지고 쓸모있는 모자
멋지고 쓸모있는 지팡이와 가볍고 단단한 모자
그 사이에
눈 뜨고 못 보는 인형 같은 어머니
안에
빛과 어둠 사이
시간과 공간 사이
하늘과 땅 사이
눈 못 뜨고 떨었던 뱃속에 든 나

새처럼

나는 없소
차창에 비친 내 모습은 두고 내렸지
숫자를 나열하며 존재를 증명하던 한 생이
바코드가 지워졌는지 무지개처럼
누군가 급히 부르고 있구려

아무것도 없소
나를 있게 해준 것은 모두 남루한 아버지의 것
사랑도 없이 헐떡이던 내 청춘
그것이 나의 전부요
저기 강변역 입구에서 온몸 뒤틀며
컵라면 입에 대는 뇌성마비 걸인의 심장만이
내가 가진 모든 것
이 거대한 사막 한복판에서
내 그림자조차 볼 수 없다오

화대를 깎아보려다 친구와 나는
애들도 없는 안성 천변에서 새를 구워 먹었네
이름도 모른 채
이제 나는 없소

그 누가 나를 보았다 하거든 믿지 마오

호박

가진 것 없는 이들이 심을 거라곤 호박뿐이었네
똥오줌 먹고 꿈이 어떻게 달려 있나
꽃도 열매 닮아 누구 하나 꺾지 않았네
개천가에는 키 작은 할매가 파 마늘 심고
답답한 아이들은 깡통 주워 동전을 만들었지만
태풍이 오는 계절엔 그래도 호박이었네
은좌 극장 포스터 007 본드걸이 왜 자꾸 바뀔까
독고탁 만화 가게 아들은 얼마나 행복할까 궁금해 했네
추억도 영글면 맛이 들려나
호박 잎 하나에 이슬 모이는 줄 모르고
뻗어가는 줄기가 얼마나 서러운가 모르고
쥐꼬리 모아 회충약 타던 학교가 가까웠지만
그리워도 이제 갈 수가 없어
텅 빈 내 가슴에 똥오줌 잔뜩 부어 호박 하나 심고픈데

수박

새대가리부터
아니 지렁이 머리부터
그것도 아니 하얀 꽃 하나의 씨앗으로부터
꿈꾸는 위대한 영웅의 머리처럼
속이 벌겋게 달아오르면서
깨우침이란 욕망도 검게 태우면
이젠 더 이상 커질 것도 익을 것도 없다 할 때
세월은 속일 수 없어
칼이 목에 들어오는 소리만 듣고도
쫙 갈라지는구나
검붉은 가슴 열어젖힌다
그리고는
스스로 파리떼들 불러 모은다
그리도 소중하던 찬란한 욕망의 봄 기억도 없이
차인다
짓밟힌다
살아온 날이 겨우 이거였냐고 진물 흘린다
깨우침의 대가
곧 배신의 대가다
심판의 날은 오고야 말 것을

空

압력은 누르는 힘이요
부력은 띄우는 힘이다
스스로 가라앉지만 마침내 띄운다
텅 비지 않으면 중력도 없으리

별빛이 물 위에 어리어 청둥오리 다정하다

손을 씻다

샘터에 쪼그려 앉아
엄지손가락으로 아가미 들썩이는 붕어 배 가른다
모든 힘은 집중이 필요하다
손아귀에 움켜쥐고 지그시 누른다
지문이 남지 않을 줄 알기에
가시와 가시 사이로 키워 오던
누렇게 뭉친 깨알 같은 기다림도
둥둥 뜬 투명한 희망도
그저 단순하게 가볍게 긁어낸다
형식은 내용의 껍데기일 뿐
붕어는 애원 섞인 울음도 없다
압력은 온몸으로 느끼겠지
때론 가느다란 떨림이 손끝에서 느껴진다
동정을 잃을 때의 느낌이 이럴 줄 몰라
그리곤 손톱 등으로
체온을 지키던 비늘을 훑어낸다
물론 국화 꽃잎처럼 피는 없다
그 순간에도 아가미는 호흡한다
살아 있음이 호흡을 전제로 한다면
마지막은 언제나 떨리는 걸까

머리 잘린 붕어는 아직도 살아 있는 것이다
자세히 보니
붕어의 투명한 눈꺼풀이 감겨 있다

제3부

자화상 3

눈 뜨면 늙는 줄 알면서도 들어온다
이 안에서 났으니
결국 이곳에 묻힐 것이다
빛의 열기에
언어의 비늘이 반짝일 때마다
끝없이 덮여 있는 권태가 싫어
여기 왔지만
이곳은 홀로 둘이 되는 곳
이 거대한 묘지에서
사고의 괴로움이 즐거운 생이라
죽음도 멀게만 느꼈었기에
돌아보니 하루도 내가 누군지 모르고 살았다
작은 어항 속
그저 온몸 흔들어
내 속의 나를 꺼내 떠오르던 이곳은
누가 있어 내 사랑 하나로 할까

벙어리 연가

그대 눈에서 영원을 살았네
투명한 우산에 흐르는 하늘은 참으로 아늑했네
흡입력이 강한 건 오로지 내 의지였지만
열려 있는 그대의 두 눈은 이슬이 담겨 좋았네
사랑은 정원을 만들어 그대 손끝에 꽃을 피우고
빛이 스미는 그대 뺨 위에 내 마음 물들었네
사모하는 이여
내 말없이 가더라도 노여워 마시길
그대 눈에서 붉은 꽃잎 따 내 목에 걸고 가노니
그대 마음 한 조각 오려
내 가슴에 품고 가노니
설령 이것이 시작이라도 아프더라도
내일은 몹시도 그리울 테니
말없이 더욱 노을 지리니

청춘 1

고양이로 천년을 살았네
비가 내리면 떠나온 곳이 그리웠지만
눈 내리는 이곳은
하수구에 버려진 아기가 깊이 잠든 곳
밤마다 구슬피 울어도 보았지
발톱에 새겨진 미소 하나 핥으며
노인이 두고 간 백발 엮어 누우면
사랑도 두렵지 않았네
푸른 담요에 흰 꽃이 널브러진 정원은
바람이 오면 길게 누웠고
붉은 입술에 돋아난 미소는
내 몸을 간질어주었네
누가 울리나
휘파람에 코끝이 떨리면
죽음도 없어 산 것이 아니지만
아무튼 난 고양이로 하루를 살아도
우러를 하늘이 궁금치 않았네
단 하나 아쉬운 건
언제였던가 마음에 베인 나무 한 그루
천년이 되어도 썩지도 않아

숲속의 밤

사랑은 슬프네 잊혀진 동화처럼
숲속에 굶주린 짐승이 되어 나 한참을 헤매이다가
바위틈에 녹슨 거울 하나 주웠네
눈물로 닦고 닦아 빛이 모이면
거울 속엔 거지가 된 어린왕자와 길 잃은 뱀이 한 몸
이었네
믿는 건 사랑
파란 건 하늘
갈라진 혓바닥을 찾으러 일곱 빛깔 무지개가 뜨곤 했
다네
빛을 모으면 열리려나
꽁꽁 동여매 나를 둘러메고 가는 숲속엔
달이 떠 있어
숲속에 파란 밤을 만들고
내 작은 사랑 노래에 부시시 몸을 뒤척인다네

국화 옆에서

어머니 곁에 두고 나는 몰랐네
빛의 길이가 저리도 객관적이어
밀어올리는 힘이 어둠을 먹고 자란다는걸

집 떠나 알았네
뿌리의 온도와 흙의 습도가 하나 되어
빛깔이 저리도 구체적인걸

그렇게 나는 알고도 몰랐네
이슬과 서리 사이에 잡을 수 없는 바람이 있어
나고 죽음이 보이지 않는 호흡에 결정적임을

꿈 같은 빛 키우려 애쓰시던
하늘 아래 고운 님 가쁜 숨결
내 눈에 고여
한참을 꿈꾸고서야
귀가 열렸네

구두를 찾아서

하루는 옷을 사러 맨발로 여관에 갔다
주인이 비가 오니 배를 사라고 한다
향나무를 하나 달라 하니
성냥이 불이 안 붙는다며
꽃무늬 우산을 주었다
때맞춰 바람이 부니
촛불을 켜야 하기에
바로 옆 레코드 가게에 갔다
어여쁜 주인은 이제 노래는 없다고
태극기 걸면서 옷을 벗는다
바로 옆 의사가 달려와
법대로 해야 한다며 총을 쏘았다
가슴에 구멍이 뚫린 화장 짙은 주인이
연극은 비싼 만큼 재미있었다고 숨을 거둔다
바로 옆 교회에서 가발 쓴 스님이 합장하며
이것도 인연이라며 증인이 될 터이니
양심껏 시주하라 한다
나는 무섭고 우스워
바로 옆 동물원 맹수사에 숨어 일 년을 살았다

데생

주전자는 슬프다
광장에서 무릎 꿇은 나무에게
늘 미안하다고 죄송하다고
두 손 모아 빈다
바퀴처럼 어두운 얼굴이다
엷은 비늘로 덮여 있는 시간이 녹아
주전자는 미소가 없다
꿈이 뚜껑을 빼앗은 거다
그래도
우리는 무너진 백지 위에
입김을 불며 풍경화를 그리고
사랑은 저 홀로 기다림을 배운다

어류 일대기

내 몸엔 온통 물고기가 사네
호흡으로 느낄 수 있어
방 한가득 내 숨결이 쌓여 있는데
텅 빈 내 몸에 물고기떼가 몰려다니지
뇌수에 든 게 지느러미야
온몸을 흔들게 하는데 사실 거추장스럽기도 해
파란 내장이 노란 허파를 감싸는
풍선 같은 내 몸에 누가 물을 부었을까
차라리 터져버리면 좋겠는걸
내 몸에 온통 낚싯바늘이 걸렸지
살갗으로 느낄 수 있어
손톱 같은 비늘이 무수히 박힌 내 몸에
부드러운 멜로디를 넣어주는 그대여
작지만 소중한 그대 한마디가 나를 키운 거야
찬란한 어둠이었지
떠다니는 풍선은 사실 무서워
터지는 곳이 일정치 않거든
우리집은 작은 화분 속에 있지만
화장대는 유난히 크지
입 맞추면 떠오르고

귀 열면 숨곤 하네
그대 몸엔 작은 구슬이 있겠지
나는 그대 한입에 먹는 물고기라오
나를 잡아 먹고 내가 산다오

아름다운 여인에게 1

그러나 내 영혼은 금이 갔다.
외로울 때 내 노래를 밤 공기 속으로 날려 보내도
그 나약한 목소리는 번번이
— 보들레르, 「금간종」 부분

그림자에 음악이 묻어 있는
가을이 오면
난 언제나 몸살을 앓았지 보이지 않는 님 때문에

숲 가득 선율 흐르는 빛이 퍼지니
돌은 그대로의 돌
나무는 변함없는 나무
태양은 내 몸에 우수를 내려
흡사 내 영혼을 죄는 전율스런 합창이 들려오곤 했네

그림에 걸린 추억이 아침 이슬에 흘러
모두가 흩어지려는 찰나
배 터지고 죽은 들고양이는 미소를 지어

저 멀리 기차가 오고

파도는 흰 돛단배를 삼키면
내 그리워하는 여인이
검은 머리 흔들며 바구니 한가득 짐승 뼈를 모으고
나는 징그러운 뱀이라 울면서 가네

아름다운 여인에게 2

한가로이 사랑하고
사랑하다 죽으리
너를 닮은 그 나라에서!
　　　　　──보들레르, 「여행에의 초대」 부분

축복과 구원의 젖을 빠는
살쾡이와 늙은 늑대가 창 쥐고
붉은 휘장 아래 허벅지 베고 누워 있는

유다와 베드로가 언쟁하며 저주하며
고개 돌려 달아난
눈알 빠진 시궁쥐와 거품 문 멧돼지 몰려오는
늪처럼
온갖 욕설과 악취 호흡으로
장미와 라일락이 석고 사자상 아래 움트는데
방울종 울리며 주문 외워도
아름다운 참회와 솔직한 회개로
몇백 번 골이 문드러진 곳

나 이제 그곳에 가리

징글징글한 하나의 균이 되어
가장 깊은 곳
출렁이는 검은 주단을 밟고
그대 향한 대리석 제단에 무릎 꿇고
언제든 곁에 있으리
끝내 지워져도 후회 없으리

존재는 의식 너머에 있다

？=출입구니 눈
그래서 나무
몸에 피는 연기는 물이 흐르고

△=벙어리니 코
그래서 산
毒 고여 있는 허리는 없고

( )=보자기니 귀
그래서 바람
검은 피 사이로 날마다 폭풍이 숨 쉬고

▽=말씀이니 입
그래서 물
달이 지나는 길마다 배가 가라앉고

○=정신이니 머리
그래서 별
섬이 떠다니는 곳엔 늪이 안개가 되고

Ⅹ=육신이니 팔다리
그래서 하늘
바위가 집이 되면 먹구름 한가득 들이마시고

내가 죽이려 한 의사는 다운 증후군은 얼굴 모습이 비
슷하고 손바닥이 두 겹으로 접힐 만큼 특징적이며 정신
연령도 비슷하다고 원인은 염색체 이상이지만 이런 기
형아의 발생은 神을 믿게끔 하는 주원인이 될 거라고

卍

요염한 귀뚜라미는 발가벗고
가시에 온몸 박힌 채
꺼이꺼이 노래 부르며 흰 눈 뒤집어쓰고

귀를 씻다

좁은 접시에 생선 살 바르듯
이력서 한 칸 한 줄에 적어나가면
고작해야 몇 줄인 생이 새로운 건
그만큼 단순하다는 것이다
몇 년의 행적이 한 줄로 줄어드는 게 덧없는 게 아니라
순간의 모습이 빈칸에 달라붙는 게 간절함이 아니라
생의 전부마저 한 장에 여백을 주더라도
누구에게나 주어진 삶이 결국 비어 있었음에
단절시키고픈 기억들이 아프게 한다
존재가 문자로 남길 어리석게도 나는 바랐다
도장에 인주를 수없이 묻히면서도
거울을 그토록 바라보면서도
도대체 소리는 어디서 오는지 전엔 몰랐네
아무래도 채울 수 없는데 나는 왜 사나
비누질하며 침 뱉으며 숨 가쁘게 수음한 후에 나 고요
했었지
애타게 기다리면서 끝내 확인한 후에 나 편히 잠잤네
나 한때 한 방울이 모자라 하도 목말라
나뭇잎 먹는 물고기 그리려다
얼어붙은 화분에 꿈틀거리는 애벌레 보았지만

바람이 이리도 뜨거웠던가
시효 지난 문서처럼 폐기될 내 몸에 누군가 밤새도록
문신을 새겼단 말인가

제4부

자화상 4

유리에 누운 그대를 어루만지네
빛으로 해독할 수 없으니 안타깝네
꿈틀거리는 그대의 언어는 파랗게 독이 올라 있지만
숨 쉴 수 있는 틈을 만드니 바람이 이네
언제였던가
숲속에 한아름 달이 떠오르면
부드러운 멜로디에 가벼운 춤을 날리던 시간
그대의 입술이 떨려 어둠이 더욱 짙던
갈라진 언어의 황홀함이여
나는 이제야 그대를 찾았네
파동에 일렁이는 모음과 자음이 이루어낸 공간에서
마지막 숨을 몰아쉬는 그대의 숨결을 느끼네
눈 곱게 감고 바람이 오면
가벼웁게 나와 함께 동행하길 바랄 뿐이네

사랑하는 이에게

빛과 빛이 싸우고 있군요
어둠이 생길 거예요
시간과 바람이 껴안고 있어요
물이 생긴답니다
하늘엔 적막한 기운이 감돌고
땅에는 쓸쓸한 감촉뿐이지만
그대 몸에는 불이 생기는 군요
자 이제 눈을 감고 누군가 불러보아요
어둠 속에서 한 방울이 흐를 거예요
차가운 얼음이 뜨뜻하게 느껴지면
뜨거운 화로가 차갑게 느껴지면
그대 귀에는 아주 나지막한 목소리가 들릴 거예요
누군가 몹시도 애타게 부르는 소리지요
산에서 바다에서 그리고 그대의 빛나는 눈동자에서
별이 뜨는 소리지요
세상은 살 만한 곳이 아니라 믿는 그대 가슴에
왜 사나 하는 한숨이 몹시도 강하게 일어나면
그때 별이 뜨는 소리에
나뭇잎이 피어나고 꽃이 꿈틀거리는 거지요
나 이제 그대와 어느 누구와도 싸우지 않을 거예요

사랑은 원래 없으니까요
그래요 나는 떠나지도 못하고 남지도 않겠지만
바람이 어둠에서 내 이름 찾을 거예요
그때 내 미소 한 번 보고
눈 감으면 그대 할 일을 다했다고
살아야겠다고 고개 숙여
다시 한 번 살아봐야겠다고

鐘

내 마음에 소리 없이 아침이 오면
습관적으로 깨진 거울을 본다
금이 간 얼굴 사이로
밖에서나 안에서나 나를 감춘 채
어제의 요만큼에서
오늘 저만큼으로 기웃거려보지만
가도 가도 금 간 세상은 녹만 쌓이고 아우성만 들린다
그러다 불현듯
생각이 있다는 세월을 견디기 위해
녹이 슬며 살아간다는 안도감
눈물 모아 가득 채우며
찾은 것 없이 종일 헤매이다가
이루지 못한 용서도 사랑도
불꽃 같은 마음마저도
그 모든 쇠붙이 긁고 떼어
손톱으로 튕겨 하늘에 묻는다
그리고 눈 감은 저녁이 와
산 너머 저 멀리 지친 영혼 누이면
소리 따라 언제 빛이 들어왔나
구름 사이로 학이 날고 여인이 춤추는

텅 빈 하늘이 만든 파랗게 녹슨 청동 하나
줄도 없이 하얀 종각에 매달려

별

거울은 무덤을 만들고 파헤쳐
일 년을 하루처럼 소리 지르네
나는 무덤에서 생겨
소리 지르며 세상에 나니
거울은 그제야 조용하다네
첫 수음을 하고
지붕에 던진 거울에서
박꽃이 피면
나는 하얀 달을 보며
하얀 노래 부르고
그러면
그대는 나지막한 낮은 소리에
조용히 내려앉아 내 이름 불러주시길
나는 뻥 뚫린 거울을 들어
그대와 내가 한 몸인 것을
세상 모든 이에게 비쳐주리라

먼지에 대하여

손가락이 생겨난 태아는 바쁘다
세상에 쥐어야 할 물건들이 뭔지를 안다
꼼지락꼼지락 쉼 없이 속삭이는 언어에
취해 잠이 들면 태아는 하품이 저절로 난다
꿈속에 잠이 들어올 틈이 없으니 고단한 거다
진공은 무섭다
우주의 신화는 이렇게 잊혀지겠지만
거울엔 나 말고 또 누가 있을까
고양이를 닮은 눈을 뜨기 전
태아는 숨을 고르게 하는 법을 배워야 한다
별과 별 사이의 거리는 눈짓 하나다
고독과 절망 사이에 꽃이 피는 거다
입을 옹알거리며 얼굴을 찡그리는 태아는
우주의 기운에 싸여 있으니
먼지 하나다
먼지 하나의 무게에 생의 무거움이 얹힌
침묵으로 노래하는 이슬이다

꽃집에서

기차는 구름을 지나 해에게로 가네
기적 울리며 얼음 가득 싣고 웃으며 가네
빛이란 눈을 거친 추억일 테니
병든 별이 손짓을 하네
무지개가 뜨고 새가 나는 이곳은
아무도 없어 사랑하는 곳
동전 하나 주머니에 외로울까 봐
거울 하나 들고서
처음 본 순간 사랑할 수 있으니
근심도 없이 병이 들었네
파란 연기 피우며 씩씩거리네
기차는 내 이마에 상처를 내고
파도 부르며
돌아오기엔 벅찬 그대 곁 아주 떠나네

한 줄의 연애 편지

내 곁에서 나의 밤을 지키는 별이 되어주오라고 썼다가 지운다 그대가 운명이라면 내게도 봄이 올 것이다라고 썼다가 지운다 잠시라도 나를 자유롭게 한 것은 그대였다 꿈이었다 했다가 지운다 비가 저리도 내리니 내 사랑이 떠날 것이다 썼다가 걱정돼 지운다 노래는 그대를 찾아왔노라 썼다가 또다시 지운다 그대가 마지막이라면 새로운 시작이 되리라 했다가 지운다 안녕이라고 할 수도 없어 지운다 장미는 그대가 낳았다고 썼다가 지운다 이곳은 병원이고 나는 영원한 환자니 차라리 내 목을 졸라주오 썼다가 지운다 그대는 언제나 웃지 않아 겁났다고 썼다가 지운다 그대에게 너무도 지쳐 나는 간다고 썼다가 지운다 내 마음 나도 모르니 그대를 어디서 만날까 쓰다가 지운다 처음 본 순간 나는 죽고 있었소라 썼다 지운다 지우고 또 지운다 그대 손끝에 내 영혼을 새기고 싶었다고 했다가 지운다 왜 이리 내가 초라한지 그저 막막한 세월이라 썼다가 지운다 그대는 영원히 내 노래가 되리니 썼다가 지운다 그대뿐이 아니라면 나는 살 수가 없다오 썼다가 너무 유치해 지운다 그대는 내 시의 주인이니 나를 영원히 노예로 삼아주오 썼다가 너무 유치해 지운다 나는 그대를 만나기 위해 이곳에 왔을 것이다 썼

다가 너무 노골적일까 봐 지운다 유치하고 노골적이고
적극적이지 않은 구절이 없을까 생각해본다 그대를 만
나 외로웠다라고 썼다가 지운다 그대 곁에 있는 모든 이
가 고맙고 저주스러웠다라고 썼다 지운다 그대는 나를
스치는 바람이라 생각하면 난 진짜 바람이 될지 모른다
썼다가 지운다 세상 모든 꽃이 그대에게서 도망쳤다 썼
다가 삼류 시인이 될까 봐 지운다 사랑한다고 쓰면 모두
돌았다고 할까 봐 지운다 별이 뜨고 새가 울면 그대는
나를 꿈꾸게 할 것이다 눈 뜨고 썼다가 지운다 지우고
또 지워도 그대 마음 모르기에 답답하다 썼다가 지운다
그대의 고향을 사랑하고 그대가 사랑한 모든 것을 사랑
했노라 썼다가 서러워서 지운다 나는 갈 곳이 없다 그대
없으면 썼다가 지운다 그대가 조금 덜 예뻤으면 아니면
아주 못생겼으면 그대를 사모했던 마음이 지금과도 같
았을까 반성하면서 이제 나를 지우려 한다 나를 흔드는
빛이여 썼다가 지운다 없다 없다 그대가 없다 썼다가 눈
비비고 지운다 그대는 나로 인해 시를 알았으니 죽는 날
까지 내 시 안에 있네 가슴에 있네라 썼다가 너무 옹졸
하고 치사한 것 같아 지운다 아 왜 이리 사랑은 잔인할
까 썼다가 그대 싫어할까 봐 지운다 지우고 또 지워 끝

내 내 얼굴을 지운다 내 팔다리 가슴을 지운다 내 마음을 지운다 없다 드디어 나는 투명한 인간이 되었다 그대에게 고맙다라고 썼다가 지운다 내가 왜 이런 걸 쓸까 그대 때문이다 했다가 지운다 결국엔 병이다 했다가 부질없다 했다가 그래도 살아 있는 동안 누군가를 그리워하면 행복이다 썼다가 유치환의 그리움을 불러보다가 보들레르의 지나가는 여인에게를 생각하다가 아폴리네르의 개구리를 그려보다가 그대에게 가는 길이 내 가슴에 있는지 의심하다가 신이여 신이시여 불러보다가 이젠 더 이상 지울 것도 없으니 사랑 하나 남겨두고 떠나야겠네 쓰다가 끝내 한 줄도 지우지 못하고 그대 지우려 애만 썼구나

얼굴 없는 희망*
──황현산 선생님께

바다가 취했나 봐요
바람 하나 없는데 새는 어디서 오죠
별도 없는데 어디서 누가 노래를 해요
섬은 슬픈 얼굴을 하고
누군가 제 몸에 더러운 모습을 비쳐주길 기다리는데
나는 이제 눈을 떠도 갈 곳이 없어요
파도는 이제 제 몸이 부서지는 걸 모른답니다
바다가 몹시도 취했으니까요
아무도 바다가 하모니카 소리에 취한 줄 모르지만
새는 즐겁게 울고 있어요
떠나는 게 두려우세요
어디든 가면 결국엔 바다를 만날 거여요
바다는 몹시도 외로운가 봐요
늘 취해서 어쩔 줄을 몰라요
바다에 가려면 섬에 발을 내려놓지 마세요
그 속엔 늙은 창녀의 젖무덤처럼 고름만 고여 있거든요
자 누군가 내게로 오네요
그냥 가라고 할까요
바다는 늘 그렇게 취했나 묻지 마세요
새는 바람을 만들고

노래가 별을 만들 뿐
더 이상 아무것도 가진 게 없는
바다는 늙은 창녀의 입술에 박혀 늘 외로운가 봐요
자 누군가 가고 있어요
그냥 가라고 할까요
나는 왜 그렇게 취했나 알고 싶거든
이름도 없고 얼굴도 없는
거울 속 항아리에 들어가면 알지요
딩딩딩 손톱으로 튕기면

* 황현산, 『얼굴 없는 희망』(1990, 문학과지성사)

행렬, 그림자 없다

국수는 비에 젖은 눈으로 하얀 달이 되고 벙어리 어머니는
항아리처럼 빛을 잉태해 쪼개졌는데 노래는 없다 신은
애꾸눈 닮고 그가 아버지라니 깃발은 이윽고 걸레로 변했다
혁명은 똥구멍에서 오고 유혹은 벌레 같아 곰팡이 피는 시간
믿음이 자유로웠다 정화는 바다로 가고 원죄는 붉은 녹이 슨
철사줄 같다 그 안에서 미소가 흐느끼는 대지를 낳았다
구두는 왜 사유와 번뇌를 담고 사나?
점멸하는 성생활이 정녕
사회를 동물원으로 만들고 유료 입장 시키고 갱생은 마음뿐
꿈꾸는 손수건이 변태일 줄이야 금 간 유리창이
다비소 되니 군중이 모이고 헌혈을 한다

어머니 그림자 쫓다가 새벽이 오니
잠들다 바라본 하늘엔 온통 울음뿐

장미

풍선으로 거울 만들다
물고기 하나 제 눈을 찔러
길게 누웠다
정원엔 가시도 호흡도 없고
사랑만 남았다
떠오르다 터졌다

經

달빛 머금은
버들 잎 하나 진다

수탉이 급히 횃대에 올라 두리번거린다

항아리에 들어가 앉다

달력을 넘기자 깨진 시계가 흘러요
피 흘리는 붉은 지네가 간신히 신음을 하죠
푸석푸석한 빵 속에 들어가 잠을 자던 거울이 그제야
제가 할 일이 있었다는 걸 느낄 수 있었나 봐요
노란 개구리는 벽과 교미를 하고
검은 지렁이는 흙 속에 알을 낳아요
이제 소리가 들끓고 있어요
그림 속에서 폭풍이 일고 모든 악기가 춤을 추려나 보
아요
나는 항아리를 굽다가 깨뜨렸지요
검은 지렁이와 하얀 새가 다를 게 없군요
하얀 시간이 바람에 묻어 있어요
호흡이 길면 심장이 마비되지만 눈물 한 방울이 모든
걸 녹이는군요
달력을 넘기자 깨진 시계가 흐르고
풍경화는 검은 지렁이처럼 흐늘흐늘 거리죠
아무래도 누군가 길게 누울 것 같군요
거울은 날카로운 하품에 혀를 깨물고 말겠군요
이젠 흙을 파지 마세요
모든 걸 덮으면 눈이 떠져요

하늘에서 눈이 검은 눈동자가 쏟아지는 거예요
빛나는 바람이 보이는 시간이
자정과 정오 사이에 있다는 얘기예요
푸른 연기에 황홀한 타오름이 겹쳐질 때가
재떨이에 수북이 쌓여 있지만
노란 개구리가 어디로 튈지 누가 알까요
검은 지렁이가 뱀처럼 노래하는 지금이야말로
개구리 날개가 펼쳐지는 때입니다
빙빙빙빙빙 그러다 빙 하면
시간이 물속에 녹아드는 물감이 굳어지는데
나는 붉은 지네가 되고 싶지 않았어요
믿어주세요 아니 무얼 용서하겠어요
항아리를 꺼내야 할 시간이군요
시계와 노란 개구리와 검은 지렁이를 거울에 담아
흙 속에 곱게 묻어야 될 거예요
노란 싹이 트면 누가 올 거예요
싹둑 잘라 하얗게 펼쳐 즐거운 식사를 하는 거예요
어디에선가 사랑을 하고 있군요
지금은 정오와 자정 사이에 모든 게 있으니
아무것도 없는 거지만 형체를 알 수 없는 어둠이 결국

문제겠군요
　응응애애라니요 흥흥힝힝일 거예요
　바람이 불기 전에 곱게도 머리를 찧어
　가루를 만들어야만 해요
　그래야 항아리는 빛나는 시간을 담은 열린 벽이랍니다

눈을 씻다

혀는 마음에도 있다
기억이 꾸불꾸불한 길을 찾아나서면
날름거림은 언제나 오늘이다
늘 같은 곳에서의 식사와
낯선 곳에서의 헤매임이 같았음을 알았을 때
지나는 여인의 눈빛마저도 주전자처럼 권태로워지면
까닭 없이 사는 게 더럽다고 느껴질 때가 있다
물고기를 잡으려다 그물 잃어버리고 오던 날부터
어머니는 걱정이셨다
마음이 갈라져 두 눈이 생겼나
어둠을 잔뜩 키워 두 눈이 밝아진다면
묵언정진 수양에 나선 선승의 손끝엔
불립 문자가 새겨지겠지
나 이제 살아도 부끄럼조차 잊은 나이지만
빛을 찾아 헤매던 마음에 어느덧 어둠이 고여 있고
허기와 결핍에 시달리던 내 몸에 상처가 늘었네
더듬어보니
집게손가락으로 쓱 문질러 백지 위에 이겨진 애벌레는
피 한 방울 없었고
잡풀을 태우려다 말라 죽은 어린 나무는 신음 하나 내

지 않았지
  손을 씻고 귀를 씻고 나 이제 마음마저 씻으려 하나
  눈 감아야 들리는 그대의 미소가
  간밤의 꿈에 보여 몸을 떨었네

제5부

자화상 5

백발의 노인이 뜨개질한다
거울이 의자다
흔들거리는 대화가 생을 이어간다
어두운 곳에 새가 늘 지켜보는
오막살이가 강변에 있다
천년을 산 노인은 화가였다
인물화는 모두가 뱀의 형상으로
기둥을 세웠다
내가 마지막 손님이다
갈라진 혓바닥이 인상적인 노인은
스스로 집이 되었다
붉은 우체통이 대문이었고
수은등이 창문이었다
빛은 노인의 입에서 나온다
거울 속에서 노인은 심하게 옹알이를 하고
나는 노인의 모습으로 집을 나왔다
세월이 흘러
아무리 찾으려 해도 강변엔
조개껍데기만 흩어져 있다

병원

꽃잎 하나
생이 짓누르는 무게에 헐떡이니
꿈처럼 어떤 광기처럼
유리창에 서서히 금이 간다

入夏

안성 시내에서 얼마 떨어지지 않은 금광 저수지
등나무 등꽃은 달빛에 파란 포도 송이 같았다
잊어버리자
한 잔의 술로 최형과 나는
등꽃의 수를 헤아리고
산다는 것에 두려움을 가졌던 나이에 대해
변하지 않는 모성에 대해
등꽃 송이송이에 담아도 보며
환하게 줄지어 달려드는 현실처럼
자동차 헤드라이트가 꽁무니 붉은 경고등으로 멀어져
가고
빛으로 일어선 절벽 끝엔 하얀 거품이 일었다
물결치는 넓은 저수지
어디 잔잔한 게 추억뿐이랴
흘러감도 한때는 이렇게 막혀 다시 힘을 만들고
저 파란 등꽃에 꽃물 들일 수도 있을까
최형은 사랑을 잃은 마음을 고개 숙여 보여주고
하얀 바람이 저수지 끝 골짝에서
송사리떼 몰려오듯 불어오는 밤이었다

청춘 2

편지가 왔다
새싹 돋는 콩밭에서 산비둘기 쫓듯이 어머니 애써 막
으셨지만
편지함은 이미 부서져 있고 산딸기 붉어
멀리 저녁 종소리 녹슬어 있다
바람이었나

난 깊은 숨을 내쉬고
지난 세월이 묻어 있는 요자체로 끝나는 글귀마다
손가락 깨물어 마침표를 찍는다 뱀을 그린다

어두워지면서 편지 속에 스며 있는
꽃뱀은 튕겨나온 힘줄로 지는 해 핥고
지친 마음은 산비둘기처럼
달을 찾아 떠났다

희미한 사랑이 빛나는
툇마루에 걸터앉아 꽃과 뱀을 떼어보려다
이내 그만두고 언제 콩이 영그나 어머니 한숨 소리에
받으려고만 할 게 아니라

나도 한번쯤 꽃뱀에 날개를 달아
산 너머 그곳으로 띄워보리라 고개 들었다

안개

까르르
까르르
날지 못하는 새여
하늘을 알지 못하는 새여
구슬이
또르르 굴러와
아이의 목구멍으로 들어갔네

반성

검은 장화 위에 하얀 고양이는 너
고사목 가지 끝에 내려앉은 새는 나
돌이 스스로 깨져 빛이 나는 나
피아노 건반 위로 물고기가 헤엄치는 너
감옥에 고추를 말리는 가을이 온다
가면 다시 오마고 손가락 걸던 꿈
수영장에서 헌혈을 하면 악어가 몰려오는
음모가 배신으로 변하고 약속으로 이어진 일월부터
십이월
시간이 젤처럼 내 손바닥에서 뭉쳐지니
길게 늘여 뱀 한 마리 만들고
땅속 깊이 들어가네

종말론 1장
──사랑편

  빛을 거머쥔 나무는 뿌리를 믿지 않는다 어둠은 심장처럼 뛰고 물고기는 새를 두려워하지 않기에 생과 사도 거울의 한 단면에 지나지 않는다 풀잎에 이슬 하나 구르면 시작되는 대화도 너와 나의 침묵으로 빛난다 믿음은 내 절망에 가속도를 더했다 눈 뜨고 보지 못하는 것이 믿음이니 우주는 손끝에서 완성되리라 가시가 없는 육체는 책에 씌어 있고 피가 없는 머리카락에 끈질긴 유혹이 자란다 신은 하늘도 땅도 바다에서도 피곤했다 사람의 형상으로 세상이 이루어짐은 종교의 오만함과 도덕의 수치심이니 손과 발이 구별됨이 어리석었다 이제 이곳에 내리는 사랑이 있으니 세상 모든 생물이 죽어 타오르리라 뱀과 쥐가 밤의 주인이 되리라 인간이 덮은 흙 위에 나무와 열매가 낮의 주인이 되리라 그대는 영원히 죽어 찰나를 보겠지만 공간이 시간을 잉태하는 우주에 물 한 방울이 생기면 대륙과 대양 사이에 모든 산이 터지고 사람과 사람 사이에 노래가 흐르리라 신은 애당초 없었다 그래서 생겨난 신이 인간의 형상으로 세상을 구원하려니 그대 손끝에 붉은 이슬이 돋아난다 그 속에 태풍이 있으니 거대한 바람이 있으니 눈 뜨고 볼 수 있는 무정형의 형상이 사랑이더라

종말론 2장
──인형편

　태초에 물방울 하나로 이 세상이 이루어지나니 그 모든 것이 인형의 형상을 닮았다 인형은 가면으로 선악을 씌우고 빛과 어둠을 담아내니 팔다리가 솟아난 나무의 얼굴이 바위를 굴린다 말씀으로 몸을 가리고 눈을 열어 정신을 끌어당기니 드디어 눈먼 자가 앞을 보게 되더라 모든 병든 자가 모여 이루어진 마을에 세워진 인형이 태양으로 숭배되고 온갖 짐승이 찬양되니 인형이 만들어지는 곳마다 새가 날고 물고기가 숨 쉰다 한낱 노리개로 전락한 인형이 타락을 조장하고 파멸을 완성하리라 각각의 정신이 몸을 이루어낸 곳에 바다는 신화를 만들었다 그대는 극에서 극을 지향하는 공간에서 가득 참과 텅 빔을 순환하는 시간에서 이슬 한 방울로 인형을 만들었다 인형이 탯줄을 스스로 끊을 수 없어 고뇌할 때 그대는 생각도 없이 붉은 배를 비우고 신의 노여움은 인형에 마음을 만들었으니 나무에 잎이 돋아난다 파멸의 순간은 인형이 목형과 금형으로 굳어지는 때이다 언어가 모든 언어가 파열되리라 그런 후에 하나의 우주어가 생겨나면 영혼이 정화되리라 죽음이 있어 모든 소멸되는 것들이 아름다우니 존재의 증명은 고정된 의미 부여가 아니라 의미의 확산이 되리라

종말론 3장
—시편

　나무는 이르길 의미 소통이 불가능한 것이 예술의 극
치라 하고 바위는 없는 것이라 했다 없음이 극치에 이르
려면 벙어리에 지나지 않으니 빛으로 언어를 해독할 수
없노라 몸짓에서 이루어진 역사가 시에 이르니 세상은
다시 태어나고 영원히 소멸할 것이니 생명도 사랑도 그
곳엔 없노라 오로지 빛나는 하나가 있어 모든 소멸을 쓸
고 가노니 그것이 바람이더라 온몸으로 느낄 수 있으니
그것이 완전한 시가 되리라

종말론 4장
──어둠편

어둠이 빛을 키워 세상이 환하니 갈 곳 없는 어둠이 몸속으로 들어왔다 세상이 둘로 나뉘어 여자와 남자가 구별되니 그 위에 하늘이 올라서고 흙 속에 묻혀 있던 열매가 빛을 담더라 물고기는 물이 빛을 담은 어둠인 것을 알기에 제 몸을 비추지 않고 생각을 버려 해탈했거늘 새가 그것을 알아 하늘 날더라 완전한 어둠이 죽음에 이르니 마음이 소멸되어 별이 뜨니 사람과 사람 사이에 빛나는 언어가 사랑으로 흐르더라 눈 뜨고 꿈꾸느냐 씨 하나에 우주가 열렸나니 향기가 없어도 색을 만드니 그것이 바로 空이더라 충만하게 비우나니 그것이 소멸의 완성인 어둠인 것을

종말론 5장
—완결편

세상이 텅 비어 있으니 길 아닌 곳이 없더라

佛

고양이도 나무도 꽃도 결국 나였군요
구슬 속에서 빛이 모이듯
내 손끝에서 붉은 이슬이

발을 씻다

내 마음의 나무는 어둠의 집이다
뿌리의 상념이 스스로 관이 되어 꿈이 고독을 다스리니
상처를 꽃피우는 어둠의 힘은 내 속에 있다
이슬 한 방울이 들려주는 화음으로
물고기가 나뭇잎에 걸려 있는 풍경이 꿈으로 끄덕인다
둥긂을 지향하는 목울대 뻗친 희망을 둑둑 잘라
나무는 스스로를 지울 줄도 알기에
어둠 속 한때 집이 떠 있는 줄도 몰랐다
짓궂은 바람에 사지가 떨리는 정신의 열대림 속
나무에 매달린 사랑 하나 따내려
스스로 물고기 되어 마르던 님은 가쁘게 호흡하고 떠돈다
한 방울의 바람이었나
물살에 걸린 나뭇가지에 은빛 비늘이 반짝이던 곳
제 몸 다 드러내고 마르시던 어머님이 누워계신 곳
이제 그 마음에
종아리 걷고 가만히 담그면
지새운 그리움들이 은빛 결로 휘감기고
고개 숙여 바라본 하늘은
외로운 그림자 하나 길게 걸려 텅 빈 내 몸 보여주고
웃는데

군중의 서정시를 위하여

정과리

> 가시가 없는 육체는 책에 씌어 있고 피가 없는
> 머리카락에 끈질긴 유혹이 자란다
>
> ——「종말론 1장 ——사랑편」 부분

조인선의 시는 묘하다. 친숙하면서도 낯설다. 날카로움
과 어색함을 동시에 느끼게 한다. 첫 페이지에 놓인 시를
보자.

> 시만 갖고 못산다는걸
> 잘 알지
> 허나 시 없이 못산다는걸
> 너무 잘 알아
> 사람들은 무심히 병이라 하지
> 정신병인 줄 너무도 모르면서   ——「자화상 1」 전문

분명하고도 엉뚱하다. 무용한 수난Passion으로서의 시에 대한 흔한 생각이 그대로 기술되어 있다. 그런데 마지막 행에 와서 그걸 두고 스스로 '정신병'이라고 말한다. 그리고는 그것을 그저 '병'이라고 생각하는 "사람들"을 탓한다. 비웃는 것 같지는 않다. 오히려 서운한 감정으로 보인다. 그 감정의 결이 무엇이든, 자신의 병이 '정신병'이라고 우기는 태도는 엉뚱하다. 이 정신병이 통상적인 의미에서의 정신병일까? 정신병자가 스스로 정신병을 인정하는 경우는 없다. 그렇다면 이것은 일종의 과장일까? 시인임을 뽐내고 싶은 자가 시 쓰기를 비정상성으로 규정하고 다시 비정상을 특권으로 뒤바꿔놓은 것일까? 그러나 그의 시들은 그런 해석을 뒷받침하지 않는다. 그의 시는 형식에 있어서나 내용에 있어서나 그리 튀는 것처럼 보이지 않는다. 기교의 극단을 보여주지도 않고 주제가 과격하지도 않다.

독자가 조인선의 시에서 낯설음을 느낀다면 그것은 역설적이게도 그의 시가 일종의 범용성 안에 속해 있기 때문이다. 우선, 그의 시에서는 젊음의 냄새(향기든 땀내든 혹은 피비린내든)가 풍기지 않으며 마찬가지의 정도로 젊은 시인에게 나타나게 마련인 새로움 더 나아가 '회귀성'에의 욕망도 잘 비치지 않는다. 다음, 그의 시의 진술법은 흔히 '서정시'라고 불러온 한국 시의 일반적 유형, 즉 자연에 기대어 내면을 조율하고 그렇게 빚어진 내면을 바깥으로 투사하여 삶의 보편적 의미에 귀속시키는 절차와 그리 달라 보이지 않는다.

독자는 그런 시를 한국 시의 도처에서 발견할 수 있다.

성취도는 천차만별이지만 그것이 한국 시의 보편성이라고 할 수 있다. 그것은 하나의 특성을 넘어서 문화를 이루고 있으며, 더 나아가 문화를 넘어서 제도를 이루고 있다. 또한 그렇기 때문에 그의 시는 거의 전국토를 뒤덮고 있다고 해도 될 만한 한국 시 생산의 광대한 주변부에서 쉽게 만날 수 있는 시들과 대동소이한 것처럼 보인다.

그러나 이러한 인상이 그의 낯섦 혹은 엉뚱함을 그대로 설명해주지는 못한다. 독자의 눈길을 끝까지 붙잡고 있는 것은 이 범용성에도 '불구하고' 뭔가가 있다는 것이다. 그 '뭔가'에 대한 느낌은 가령 방금 본 시의 '정신병'과 같은 단어가 자극하는 것인데 이 구절이 엉뚱하다는 독자의 인상은 다음 시로 넘어가면 좀더 진지해지지 않을 수 없다. 전문을 인용해보자.

내 몸이 죄로 덮여 있음이라
씻어도 빛남이 없어
울음조차 징그럽다

내 마음에 욕이 꽉 차 있으니
게워도 게워도 텅 빔이 없어
누구를 대신해도
또 다른 윤회일 뿐

산다고 산 게 아니었지만
지나고 보니
씻고 게워낸 자리에 가득 찬 허물이여

끝내 벗어날 수 없어
더는 갈 수도 갈 곳도 없는 이곳에
누가 있어 곱게도 꽃 피우셨나

내려다보니 까마득한데
겁에 질린 바다가 애타게 내 이름 부르고 섰네
———「자화상 2」 전문

이 시의 엉뚱한 부분도 마지막 연이다. 네번째 연까지는
비교적 진술이 순조롭다. 시 쓰기를 촉발한 것은 네번째
연에 제시된 꽃이다. 그 꽃의 아름다움이 그에 비해 욕스
럽게 마련인 삶에 대한 죄의식을 유발하여, 그 감정이 먼
저 언어로 튀어나왔다. 그리고 나서 그 감정이 연장되고
확산된 이후에 꽃과 선명한 대립을 이루어 꽤 큰 정서적
울림을 갖는다. 그런데 마지막 연은 당혹스럽다. 특히 마
지막 행이 그렇다. 앞 행의 "내려다보니 까마득한데"는
'내려다보니'가 약간 의아하긴 하지만 이해 불가능한 것은
아니다. 이것은 죄스런 삶과 꽃과의 "까마득한" 거리를 지
시하는 것처럼 착각케 한다(왜 착각이냐 하면 앞 행에서 꽃
은 바로 앞에 있었기 때문이다.) 그런데 마지막 행에 와서
갑자기 "겁에 질린 바다"가 나왔다. 그것이 "내 이름"을 애
타게 부르고 있다. 그러니까 '까마득한데'는 삶과 꽃 사이
의 거리를 가리키는 게 아니었다. '꽃'은 지금 '나'와 함께
높은 곳에 있고, 까마득하게 저 아래 있는 것은 '바다'이
다. 그래서 '내려다보'는 동작이 나왔던 것이다. 그런데,

저 '바다'가 왜 갑자기 튀어나왔는가? 그것은 무엇 혹은 누구인가? '바다'는 '나'가 아니다. '꽃'도 아니다. 왜냐하면 꽃은 시방 '나'와 함께 이곳에 있기 때문이다. 그렇다면 '삶'인가? "내 몸"과 "내 마음"이 죄와 욕으로 꽉 차 여기에 있으니, 내 몸도 내 마음도 아닌 곳에 나의 '삶'이 어떻게 있을 수 있단 말인가? 텍스트 내에서 '바다'는 어떤 존재자도 은유할 수 없다. 그것은 그저 장소일 뿐이다. 마치 텅 빈 방처럼, 아무 원소도 포함하지 않는 공집합으로서의 장소일 뿐이다. 그런데 그것이 어떻게 "애타게 [……] 부르"는 동작을 할 수 있단 말인가? 다시 말해, 어떻게 살아움직일 수 있단 말인가?

마지막 두 시행이 놀라운 것은 앞부분에서 진술한 욕된 삶이 '높은 곳'에 있다는 전언을 가지고 있기 때문이다. 그 전언을 포착한 순간 독자는 시의 초두로 되돌아간다. 충격은 마지막 연에서 일어났지만 그 충격이 지시하는 것은 앞의 네 연에 대한 재독이다. 앞의 네 연에서 독자는 화자의 욕된 삶에 대한 고백을 들었다. 욕된 삶은 상식적인 의식 속에서 말종의 삶이고 속된 말로 '하찔'의 삶이다. 그런데 그것이 높은 곳에 위치해 있다는 것은 그것이 평범하고 정상적인 것 이상의 삶이라는 것을 뜻한다. 그것이 인간 사회의 아주 오래된 상식이다. 그런데, 이 시는 드높은 삶이 욕된 삶이라고 말하고 있는 것이다. 그러니까 시는 그 실질이 무엇이든 고상하고 고귀하다고 '인정'받는 삶이 실은 죄로 가득 차 있다고 발언하고 있는 것이며, 그것은 상식의 체계로부터 공식적 가치 체계에 이르는 공인된 세계에 대한 근본적인 거부를 나타내는 것이다.

물론 시는 여기서 그치지 않는다. 두 개의 전언이.더 있다. 하나는 '나'는 의식으로써 거부하는 세계에 가장 철저히 몸담고 있다는 사실에 대한 고백이다. 다른 하나는 '꽃'의 존재이다. 이 두 가지 전언은 시에 미묘한 운동성을 부여한다.

우선 '나'의 방향성이 문제이다. 이 높은 세계가 죄로 가득 찬 삶이라면 이 삶은 "산다고 산 게 아"닌 삶임이 분명하다. 그렇다면, '나'는 서둘러 이 높은 곳으로부터 내려가야 한다. 제4연의 "끝내 벗어날 수 없어/더는 갈 수도 갈 곳도 없는 이곳에"는 분명 '나'가 삶을 벗어나려 애썼다는 것을 보여준다. 그러나 그 방향은 내려가는 것이 아니라 올라가는 것이었다. "더는 갈 수도 갈 곳도 없는"이라는 진술은 그 역설로 꽉 찬 진술이다. 그 진술은, ①이 땅의 삶은 욕된 삶이다; ②나는 벗어나기 위해 상승한다; ③그러나 상승할수록 욕됨은 커졌다; ④'나'의 도망이 막다른 벽에 부딪쳤을 때 나의 죄 역시 최대치가 되었다, 라는 의미의 사슬로 이루어져 있다.

이 역설은 사회적 보편 관념(②)과 사회의 실상(③) 사이의 연루이자 동시에 모순인 사태에서 비롯한다. 사회의 부정성을 벗어나기 위해서는 추락해서는 안 되고(추락은 부정성의 나락으로 더 떨어지는 것이니까) 더욱 상승해야 한다는 것이 사회적 보편 관념이라면, 그 관념에 기댄 상승 운동은 사회적 보편 관념을 더욱 자연스럽게 만들고, 따라서 사회를 더욱 강화하는데, 사회가 애초에 부정적인 한, 그것은 사회의 부정성을 심화하는 결과를 빚는다는 것을 가리킨다. 아주 평범한 듯 보이는 시가 실은 아주 깊은 숙명적 인식을 깔고 있었다. 삶의 죄악을 벗어나기 위해 솟아오를수록 죄악의 올가미는 더욱 강하게 나를 옥죈다. 왜냐하면 상승 자체가 죄의 실천이기 때문이다. 왜 상승 자체가 죄의 실천인가? 상승 운동은 거듭 아래를 만들기 때문이다. '나'가 상승하면 할수록 아래에는 '나'에 의해 버림받은 것들이 가득 쌓인다. 그런 행동이 바로 죄와 욕이고, 그렇게 저 아래 쌓인 것이 바다이다.

이 죄악의 숙명성에서 벗어나는 길은 단 하나 밖에 없다. 이 사회를 아예 등지는 것. 그래서 저 바다로 굴러 떨어지는 것. 그러나 '나'는 그러지 못한다. 왜냐하면, '꽃'이 여기에 있기 때문이다. 그것도 "더는 갈 수도 갈 곳도 없는 이곳에," 즉 가장 높이 상승해야 할 자리에 있는 것이다. 그리고 운동의 관성이 스스로 몰아버리듯이 저 '꽃'은 항상 어느 만큼 떨어져 있다. 그 거리는 "누가 있어 곱게도 꽃 피우셨나"에서의 "곱게도"에 지시되어 있는 시선의 거리 그리고 "누가 있어"가 가리키는 어떤 다른 [선한] 존재에 대한 자발적 암시가 벌려놓는 거리이다.

이 꽃이 환상으로서의 꽃인지 진짜 꽃인지는 이 시에서는 분명치 않다. 다시 말해 사회적 보편 관념이 끝끝내 간직하고 있는 환상으로서의 텔로스인지, 아니면, 난데없이 거기에 있어 동공을 팽창시킨 실제의 '꽃'인지는 이 시만으로는 확인할 길이 없다. 시의 효과는 오히려 그 모호성에서 나온다. 그것이 사회적 보편 관념에 대한 기대(이 허망한 상승에 돌연히 주어진 지복)와 그에 대한 의혹(그것이 기껏 환상에 불과할지도 모른다)이라는 상반된 의식의 양끝을 한껏 잡아당긴다. 게다가 꽃은 담론의 배열 속에서 다음 연의 '바다'와 인접해 있다. 그 인접성은 이 꽃은 혹시 저 바다가 아닐까? 하는 호기심을 자아내는 한편으로 그 양태의 사뭇 다름에 놀라게 한다. 어쨌든 꽃과 바다는 다른 것이다. 시의 문맥 속에서 꽃은 도달할 수 없는 유일자이고 바다는 명명되지 않은 다수성이다.

분석의 도중에서 독자는 이미 '바다'가 버려진 가능성의 세계임을 알아차릴 수 있었다. 즉, '나'가 '탈출하기 위해서'— '내려가지 않고'— '상승하는' 바람에 더욱 저 '밑바닥에 버려진'— '사회의 지표면 아래로 하강해야만 만날 수 있는' 참된 삶의 가능성, 즉 부정성의 기호로서만 현실에 존재하는 '명명될 수 없는 다수성'이 바다이다. 그것은 사회 밖에 버려졌기 때문에 명명될 수 없고(계산과 계약의 세계로서의 사회는 기호들의 집합이다), 저마다 명명될 수 없는 한, 잡초들이 그러하듯, 이질적인 형상으로 엉켜 있기 때문에 '개별성'도 '통일성'도 아닌 다수성이다. 그 명명되지 않는 다수성이 바다로 지시된 것은, 그것의 위치(지표면 아래, 그리고 상승의 벼랑에서 바라보는 까마득한 밑바닥), 형태(이물들과 이종들의 덩어리), 색채(검푸른, 명명될 수 없는) 그리고 운동(파도와 포말, 즉 버려진 것들의 온갖 애절하고 광포한 움직임들)이 통째로 그 형상을 이루고 증식시키고 있기 때문이다.

이 바다와 꽃이 실은 하나로 통하는 것이다. 왜냐하면, 꽃은 환각으로 출몰하거나 환상으로 유지된 참된 삶의 표상이고, 바다 또한 참된 삶의 부정된 가능성이기 때문이다. 그것들은, 그러나, 동시에 그 양태의 극단적 배리(긍정적 극단과 부정적 극단)로서 당김과 밀어냄의 강력한 자장을 형성하며 끊임없이 상대편을 통해 자신을 의혹하거나 상대편을 부각시킨다. 환상의 환상성, 환각의 실재성, 부정된 것의 회귀를 말이다. 바로 그것이 마지막 행 "겁에 질린 바다가 애타게 내 이름 부르고 섰네"에서 '겁에 질린,' '내 이름,' '부르고'의 어사들을 붉게 물들이며 회오리치는 격정들을 만들어내는 것이다.

이제 독자는 맨 처음에 읽었던 '정신병'이 그저 엉뚱하거나 과장된 표현이 아님을 알 수 있다. 그 단어는 표현이라기보다 차라리 그 자신 질병이며 동시에 그 질병을 통해 벌어질 어떤 사건의 입구이다. 그 자신 질병이라는 것은 그 '정신병'의 내용이 문제가 아니라 '정신병'이라는 어사가 그 자체로서 언어의 질병이라는 것을 뜻한다.

왜 언어의 질병인가? 즉각적으로는 정상/병을 가르는 사회적 기호 체계를 깨고 정상-병/정신병의 새로운 대립 체계를 만들어냈기 때문이며, 실질적으로는 조인선의 시가 기왕의 서정시의 문법을 거의 따르면서도 그것을 배반하고 있기 때문이다.

배반이란 말 그대로 쓰인 것인데, 왜냐하면 그의 시적 주제가 서정시의 문법이 요구하는 주제를 정면에서 부인하고 있기 때문이다. 그의 시는 분명 서정시의 제도가 요구하는 주제에 끌려 시로 다가갔다. 그러나 불행하게도 그는 그곳에서 성취감을 얻지 못했으며 오히려 권태만을 잔뜩 이고 살 수밖에 없는 신세가 되었다. 이어지는 시 「자화상 3」은 그 사정을 이렇게 말한다:

눈 뜨면 늙는 줄 알면서도 들어온다

이 안에서 났으니

결국 이곳에 묻힐 것이다

빛의 열기에

언어의 비늘이 반짝일 때마다

끝없이 덮여 있는 권태가 싫어　　　　──「자화상 3」 부분

　앞의 해석에 기대면 이 구절들의 자구적 의미는 명백하
다. 그러면서 다시 한 번 시인의 시적 실존의 의미를 되새
기게 한다. 우선, "눈 뜨면 늙는 줄 알면서도 들어온다." 이
구절만 따로 떼내어 읽으면 살아감 그 자체에 대한 반어적
풍자가 둔하게 휜 것으로 읽힐 수도 있다. 아침에 눈을 뜨
는 것은 언제나 새로운 삶의 출발의 계기이다. 그러나 멀
리 비켜서서 보면 인생의 방향은 늙음과 소멸을 향해 있
다. 그러니까 우리는 항상 신생을 살 수 있다는 믿음에 빠
진 채로 계속해서 죽어가고 있는 것이다. 독자는 그의 다
른 시에서 이와 비슷한 비스듬한 시각에서 씌어진 시구를
만날 수 있다: "눈 뜨고 보지 못하는 것이 믿음이니"(「종말
론 1장 ─ 사랑편」) 같은 구절이 그렇다. 그러나 이 시의 의
도는 삐뚤어진 지혜(왜 삐뚤어졌느냐 하면, 그렇게 말하는
행위 자체도 실은 늙어감의 실행이기 때문이다. 인간은 어쨌
든 그렇게 살 수밖에 없는 것이다)를 갈파하는 게 아니다.
시의 언어는 스스로 비꼬인 감정을 넘어서서 자신의 실존
적 정황을 절실하게 드러낸다. 바로 "들어간다"는 것. 시인
은 시인이 유혹되어 다가간 곳이 결코 벗어날 수 없는 감
옥임을 어느새 알고 만 것이다. "이 안에서 났으니/결국 이

곳에 묻힐 것이다"는 그 숙명을 알고 만 자가 저절로 흘리는 비애의 말이다. 그리고 그 원인이 제시된다. "빛의 열기에/언어의 비늘이 반짝일 때마다/끝없이 덮여 있는 권태가 싫어." 시인은 반짝이는 언어의 비늘과 그것을 휘감고 있는 빛의 열기에 끌렸을 것이다. 그런데, 언어의 비늘이 한 번 반짝일 때마다 권태가 또한 하나씩 생성되었고 결국 권태가 "끝없이 덮여 있는" 상황에 직면한다.

비늘은 언어의 반짝임과 권태를 동시에 은유한다. 다시 말해 반짝임 옆에 권태가 있는 게 아니다. 반짝임이 곧 권태이다. 비늘은 덮여 있다는 형상적 특질, 그것이 은유 관계를 성립시키는, 다시 말해 광휘의 세계를 순식간에 각질의 세계로 돌변시키는 특이점이다. 그러니까, 이 은유에는 그에 대해 교과서가 가리키는 바와 같은 '통일'이 있는 게 아니라 오히려 이반(離反)이 작동하고 있다. 그 이반이 서정시의 전통적 주제에 대한 부정을 가리킨다는 것은 이미 말한 바와 같다. 시는 하지만 여기에서 그치는 게 아니다. 왜 여기에 은유가 작동했는가? 이어지는 시구를 마저 읽어 보자.

여기 왔지만
이곳은 홀로 둘이 되는 곳
이 거대한 묘지에서
사고의 괴로움이 즐거운 생이라
죽음도 멀게만 느꼈었기에
돌아보니 하루도 내가 누군지 모르고 살았다
작은 어항 속

그저 온몸 흔들어

내 속의 나를 꺼내 떠오르던 이곳은

누가 있어 내 사랑 하나로 할까 ──「자화상 3」 부분

시 전문에서는 제 7행이 되는 첫 행은 모호하다. 그것은
앞 행과 연결되어 이렇게 읽힐 수 있다: "끝없이 덮여 있는
권태가 싫어[서]/여기[로 옮겨]왔지만." 만일 이렇게 읽는
다면 앞의 독서는 근본적인 수정이 불가피하다. 권태가 발
생하는 곳과 '나'가 들어오는 곳이 다르기 때문이다. 그러
나 이러한 해석은 시를 망가뜨린다. 두 장소의 의미론적
위치가 불분명해짐으로써 시적 음미에는 불필요한 허망한
추론으로 이끌기 때문이다. 오히려 독자는 '여기'가 실제
권태로 덮여 있는 세상임을 확인한다. 세번째 행을 보면,
'여기'는 "이 거대한 묘지"인데 그것은 곧바로 "끝없이 덮
여 있는 권태"의 은유임을 능히 짐작할 수 있다. 따라서
"권태가 싫어서 여기로 옮겨 왔다"는 해석은 물리치는 게
낫다.

그렇다면 "여기 왔지만"은 무슨 뜻인가? 이 진술은 문자
그대로 해석할 게 아니라 기능적으로 이해할 필요가 있다.
즉 그것을 이동의 항구성을 가리키는 편재적 지시문으로
읽는 것이다. 권태가 싫어서 '나'의 이동은 끊임없이 계속
된다. 그래서 나는 끊임없이 '여기'로 온다. 시의 첫 행에
서 진술된 "들어온다"가 가리키는 장소가 여기이다. '여
기'는 "언어의 비늘이 반짝"이는 곳이자 동시에 '여기'는
여전히 '권태'로 덮인 곳이다.

이 편재적 지시문의 기능은 그것으로 그치지 않는다. 그

것은 이동의 필연성, 혹은 이동에 대한 열망 혹은 의지가 사그러들지 않는다는 것을 가리킨다. 다음 행, "이곳은 홀로 둘이 되는 곳"은 따라서 이중적 의미를 낳는다. '홀로'와 '둘이'는 어떤 결여를 전제로 하고 있다. 흔히 '하나됨'이라는 말로 쓸 때의 '하나'가 그것이다. '홀로'는 하나로서 하나됨에 실패한다. 하나됨은 둘 이상의 존재를 전제로 하기 때문이다. '둘이'는 그 자체의 상태로서 하나됨에 실패한다. 그러나 '홀로' '둘이' 되는 사태는 그 실패로써 하나됨의 의지를 구현하고 그것을 향한 행동을 실천한다. 그것은 직접적으로는 '통일을 향한 나'와 '실패한 나'의 분열을 가리키지만, 바로 그 지시를 통해서, 통일을 향한 나의 엄연한 존재성을 명시하는 것이다. 이어지는 시행이 "사고의 괴로움이 즐거운 생이라"인 것은 그 때문이다. '나'는 하나로 합쳐지기 위한 바깥의 타자를 만날 수 없으나, "내 속의 나를 꺼"냄으로써 만남에의 의지를 물질적으로 지속시키는 것이다. (바로 이것이 앞의 시에서 제시된 "꽃"이기도 한 것이다.)

다음 시 「자화상 4」에서 화자는 그것을 "갈라진 언어의 황홀함이여/나는 이제야 그대를 찾았네"라는 감격적인 어조로 진술하고 있다. 물론 '나'가 찾은 것은 실존자로서의 '그대'가 아니다. 그가 발견한 것은 만남의 실패이고(그래서, "그대의 입술이 떨려 어둠이 더욱 짙"었다는 고백이 나온다), 그가 만들어낸 것은 만남에의 의지이고, 그가 찾아낸 것은 그 의지를 실천하는 장치로서의 언어이다. 그 언어는 그 자체로서 분열된 언어이다. 그 언어는 "갈라진 혓바닥" (「자화상 5」)에서 발성되어 "파동에 일렁이는 모음과 자음이 이루어낸 공간"(「자화상 4」)을 조성한다.

따라서 조인선 시의 자화상은 삼중의 존재로 포개져 있
다. '나' '내 속의 나' '그대'가 그들이다. '나'는 사실태이
고 '내 속의 나'는 운동태이며, '그대'는 부재태이다. '나'
는 사회적 '나'이고 '내 속의 나'는 사회의 눈으로 볼 때
'병든 나'이며, '그대'는 정신병을 앓는 '나'이다. 그러나
이보다 더 중요한 것이 있다. 한국 시의 맥락 내에서 보자
면, '나'는 서정시의 문법을 가리키고, '내 속의 나'는 서정
시에 대한 열망과 실패가 야기한 고뇌를 동시에 지시한다.
그리고 '그대'는 서정시의 역설적 긍정을 가리킨다. 시인
은 서정시의 문법을 그대로 따르는 가운데 그것의 근본적
인 부정에 맞부딪쳤다. 그러나 그럼에도 불구하고 그는 본
래의 꿈을 버리지 않는다. '서정시'의 꿈을 말이다. 그것이
그의 시를 야릇하게 만드는 요인이다. 그의 시는 서정시에
서 출발하여 그에 대한 부정으로 나아갔으나 서정시의 벽
을 파괴하지는 않았다. 그는 여전히 서정시의 울타리를 보
존하였다. 그러나 그렇다고 해서 그의 시가 본래의 서정시
로 복귀할 수는 없는 법이다. 독자는 그 서정시의 세계에
서 화자가 겪은 일이 무엇인가를 보았다. 그것은 빛을 향
해 올라갈수록 죄로 가득 찬다는 것, 그것은 어둠의 세계
를 거듭 만들어내고 어둠의 울부짖음을 크게 만들었다. 그
러니 그의 시는 서정시를 따르되 아주 다른 서정시를 쓸
수밖에 없게 된 것이다. 그 서정시는 궁극적으로 버려진
바다의 서정시, 사회적 맥락으로 치환해서 말하면, 군중의
서정시가 될 수밖에 없다. 그것을 시인은 "빛나는 타락이

116

되고 싶다"(「미소」)라는 명제로 간명하게 표현한 적이 있다. 이 "빛나는 타락"은 곧바로 바다로 이루어진 꽃이다.

　시인이 서시(序詩)들로서 제시한 '자화상' 연작만을 집중적으로 살펴보았지만, 실제 그의 시들 대부분은 '자화상' 연작에서 제시된 삼중적 존재태의 변주라 할 수 있다. 그 존재태의 등뼈를 이루고 있는 것이 "빛나는 타락" 혹은 군중의 서정시라고 할 수 있는데, 그 명제가 간명하다고 해서 그 실제가 간단한 것은 아니다. 그것은 모순으로 가득 차 있기 때문이다. "권태란 놈이 보들레르의 귀에 닿아도/그대 심장을 뚫고 들어가진 못하겠다고/두 눈 감고 권태가 기어나온다/빛과 어둠 사이로"(「유혹」)에서 기술된 것처럼 그 서정시는 서정의 세계로부터 버림받은 것들, 혹은 서정의 세계로부터 비어져 나오는 것들로 이루어져 결코 본래적 서정의 핵심 속으로 회귀하지 않고 서정의 바깥에서 형성될 것이다. 그것은 서정시의 세계를 서정 바깥에 건설하려 하기 때문에 도처에서 만날 수 있는 것처럼, 가령,

　　떠다니는 풍선은 사실 무서워
　　터지는 곳이 일정치 않거든
　　우리집은 작은 화분 속에 있지만
　　화장대는 유난히 크지
　　입 맞추면 떠오르고
　　귀 열면 숨곤 하네
　　그대 몸엔 작은 구슬이 있겠지
　　나는 그대 한입에 먹는 물고기라오

나를 잡아 먹고 내가 산다오　　—「어류 일대기」 부분

와 같은 시구에 요령부득의 양상으로 제출되어 있듯 착란
적이며, 서정이 수립될 수 없는 곳에서 서정시의 문법을
부단히 흉내내기 때문에,

　텅 비지 않으면 중력도 없으리

　별빛이 물 위에 어리어 청둥오리 다정하다　—「空」 부분

에서 보이듯 환몽적이다. 독자는 위 두 시구가 모두 '텅 비
어 부풀어 오른 것'에 대한 강박관념을 타고 씌어진 것임을
발견할 수 있다. 착란과 환몽은 다 그 텅 비어 부풀어 오른
것에 대한 유혹과 환멸과 소외로부터 태어난다. 그 텅 비
어 부풀어 오른 것, 시인이 종종 '풍선'에 비유하는 그것이
바로 한국적 서정시라는 제도이다. 그것뿐이 아니다.

　서정시는 한국 시의 제도라고 말했다. 많은 시인들이 그
제도에 거역해 다른 시들을 개척해나갔다. 김수영으로부터
시작된 그 거역은 한국 시의 지도에 비판적 인식(부정)의
영역과 땀으로 번들거리는 생활의 영역, 그리고 발성되자
마자 언어가 휘발하는 산[生] 이미지들의 영역을 추가로
포함시켰다. 그러나 그런 모험 속에서도 서정시는 적어도
세 개의 지대에서 큰 군락을 이루어왔으며, 이루고 있다.
우선 서정시를 쓰는 시인들은 여전히 존재하고 있다. 둘
째, 한국 문학의 주변부는 실질적으로 서정시들로 가득 차

있다. 중·고등학교 교과서, 동호인들의 시 생산, 청소년들의 감상 시 혹은 지하철·이발소·옛날식 다방 등의 문학적 뉘앙스를 풍기는 문화 지대들에 그것은 편재한다. 셋째, 이탈을 감행한 시인들의 서정시로의 회귀가 또한 지속적으로 되풀이 되었다는 것이다.

조인선의 시는 그 어떤 곳에도 속하지 않는다. 서정시든 반서정시든. 그가 간 길은 서정시의 내적 균열의 지대이다. 독자는 그 이전에 진이정의 시에서 그러한 균열이 나타났음을 기억한다. 진이정은 그 균열을 내는 데 온 힘을 소진하였다. 조인선은 그 균열 사이로, 명명되지 못한 다수성의 지대로 진입한다. 그 다수성의 지대는 아직 명료한 모습을 드러내지 않았다. 왜냐하면, 그 세계는 '책'에 씌어 있지 않기 때문이다. 그는 "가시가 없는 육체는 책에 씌어 있고 피가 없는 머리카락에 끈질긴 유혹이 자란다"는 것을 알게 된 것이다. 그의 새로운 서정시는 책이 아니라 가시와 피로 이루어질 것이다. 문화의 지대로부터, 언설의 지대로부터 제외된 곳에 가시와 피가 있다. 그곳은 명명받지 못한 군중의 지대에 다름아니다. 그러니까 바다의 서정시는 바로 군중의 서정시이다. 그의 시에서 한국 시의 새로운 가능성을 조심스럽게 예감하는 마음이 미리 짚어 보는 자리가 그곳이다. ▨